제르마노 쥘로 글 | 알베르틴 그림 | 정혜경 옮김

나의
작고
작은

문학동네

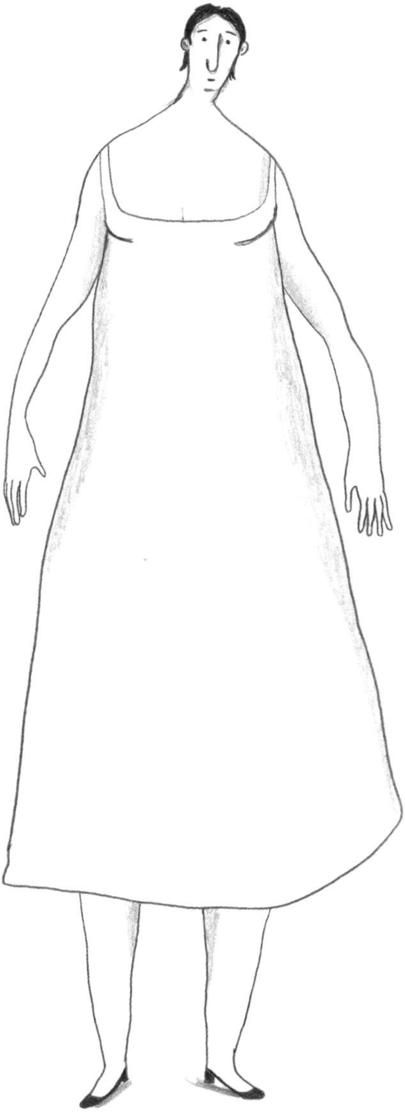

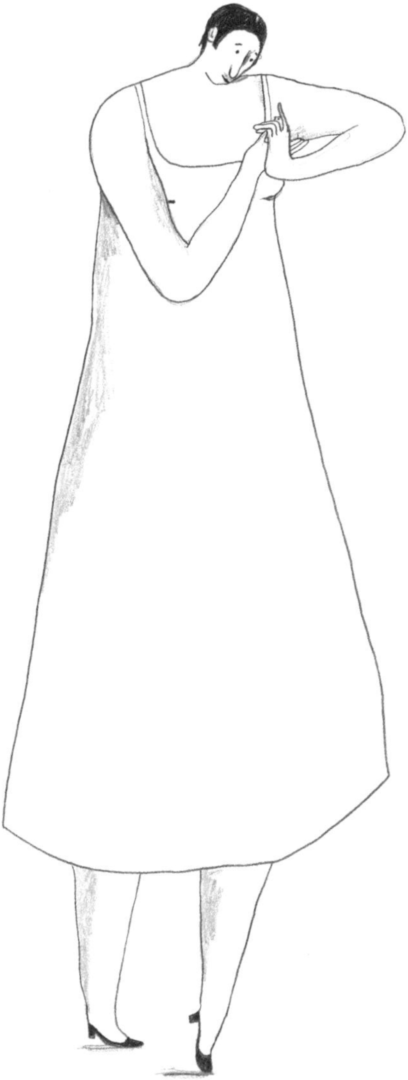

왔구나

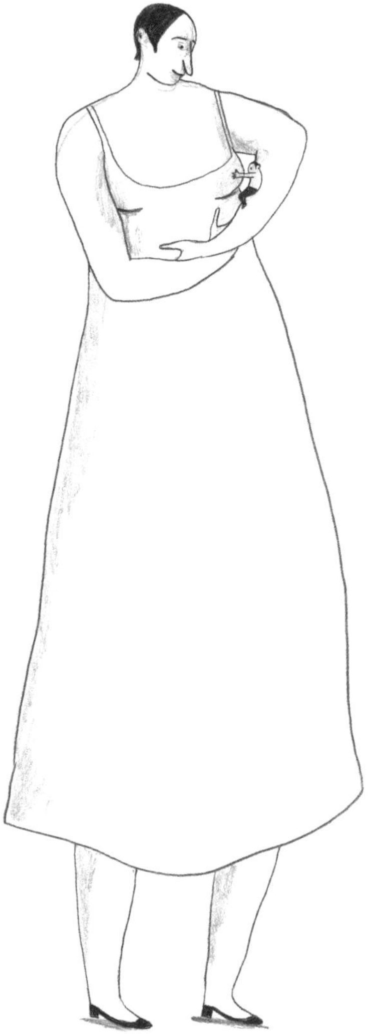

마침내 왔어

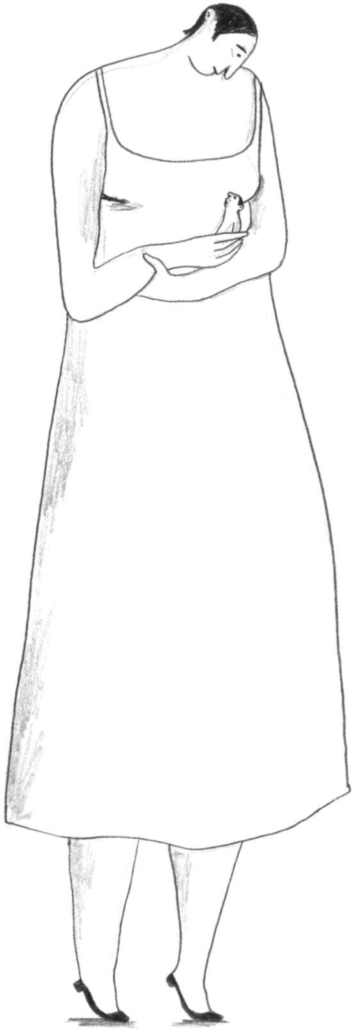

널 얼마나 기다렸는지 몰라

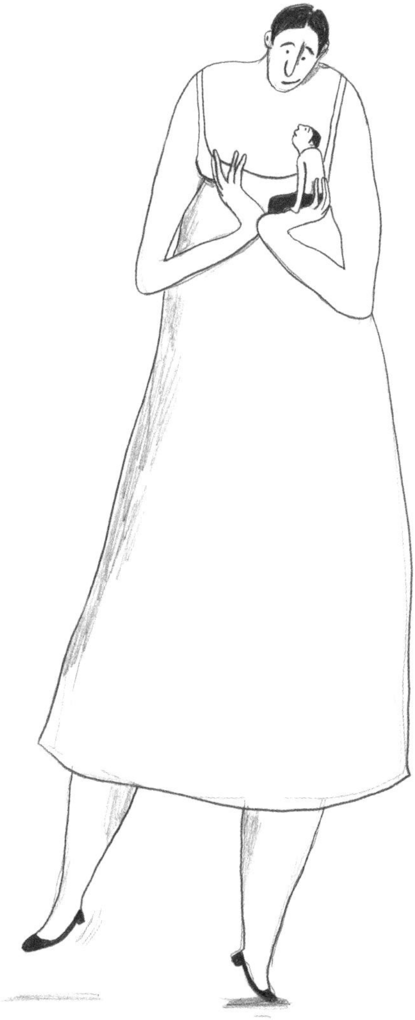

나의 작고 작은, 우리 아기

이제 우린 함께야

이렇게

사랑한다

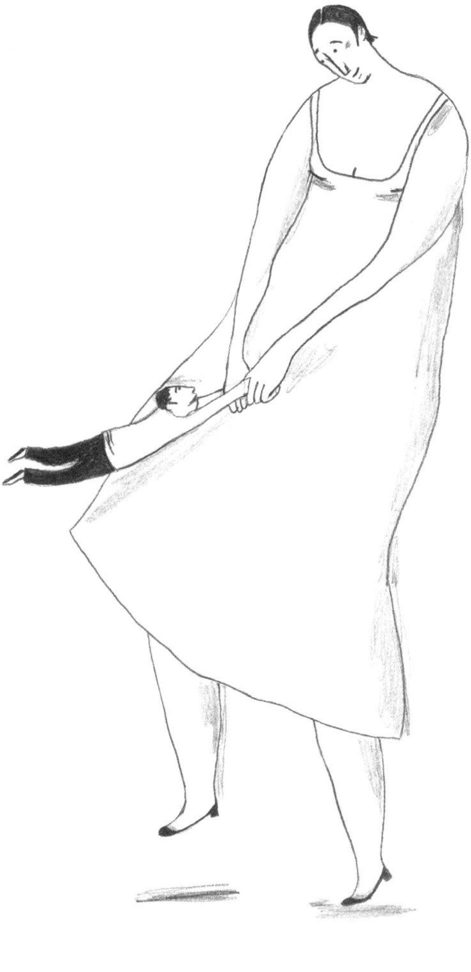

너는 알까

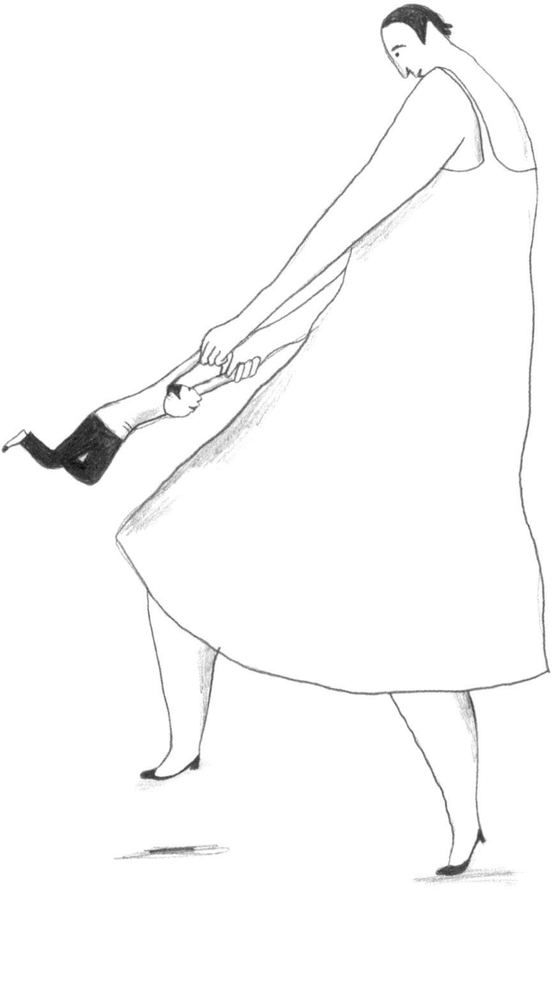

너에게 해 줄 말이 많아

정말, 아주 많아

다 들려줄게

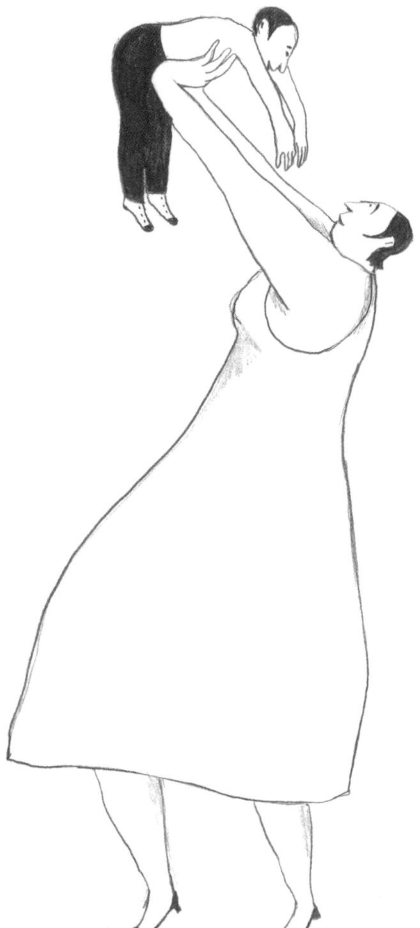

빠짐없이 다

그래, 다 말해 줘야 해

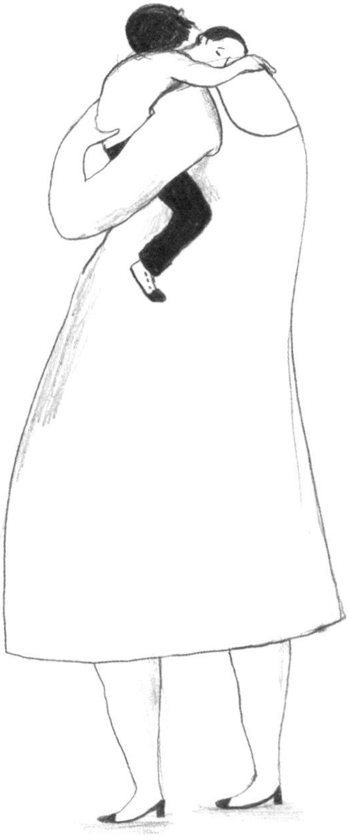

처음부터 끝까지

아주 중요하니까

너는 알까

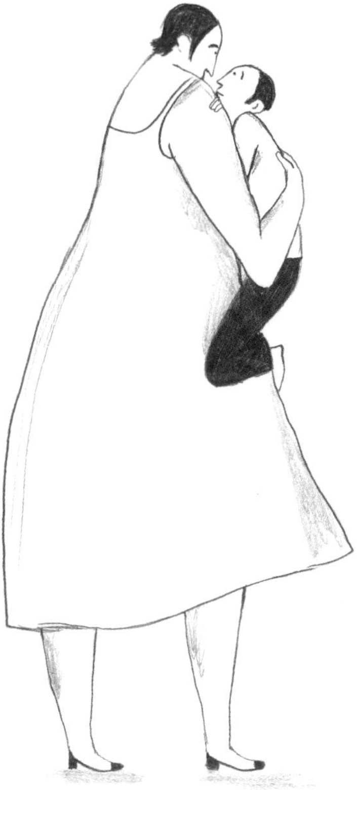

우리 아기, 내 아가

긴 이야기가 될 거야

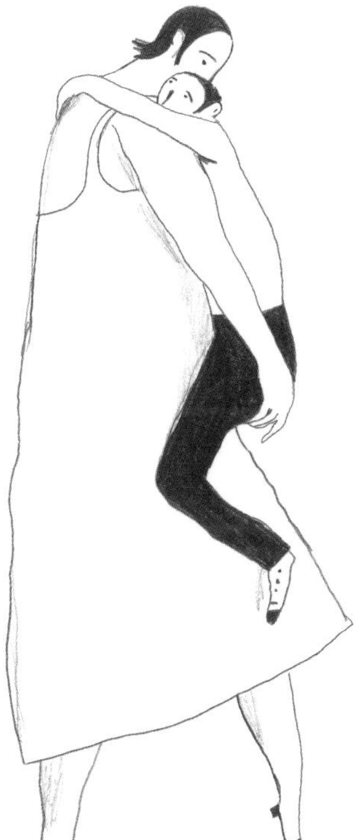

조금은 복잡하지만

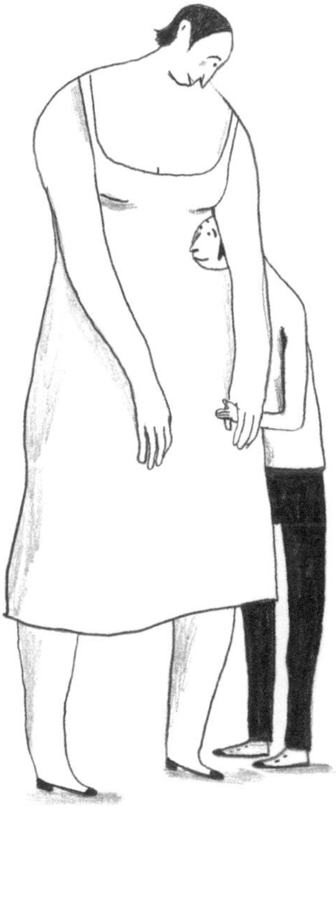

어쩌면 아주 간단해

이 이야기는

이 굉장한 이야기는

너와 나, 우리 사이의 이야기거든

아주 아름답지

비록 시작도 없고

끝도 없고

당연히 중간도 없지만

어디서부터 말하면 좋을까

너는 알까

이 이야기는

조금 특별해

너와 나, 우리처럼

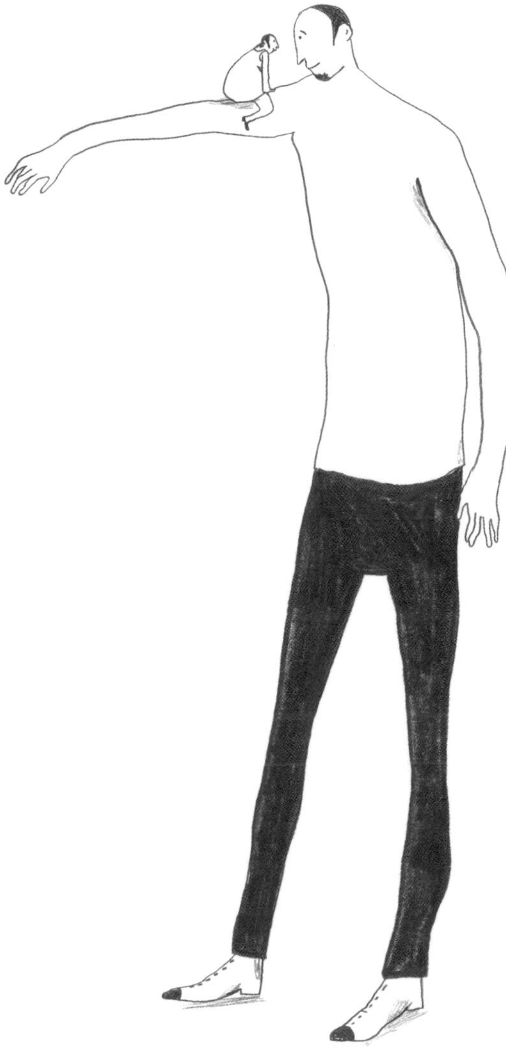

우리가 함께한 시간들처럼

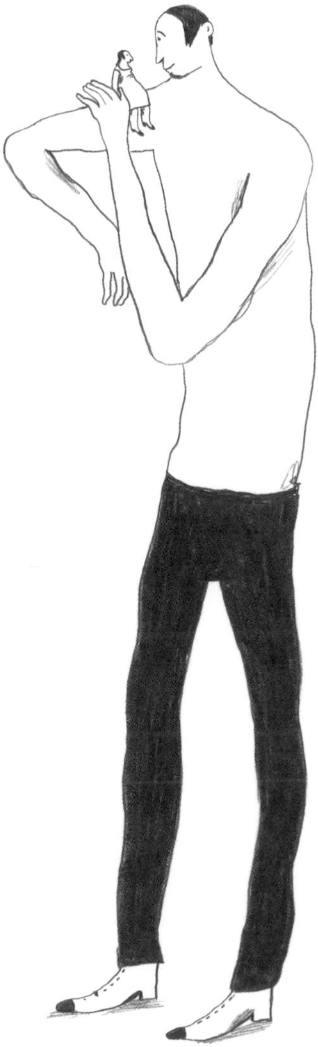

언젠가, 너에게 모두 말했을 때엔

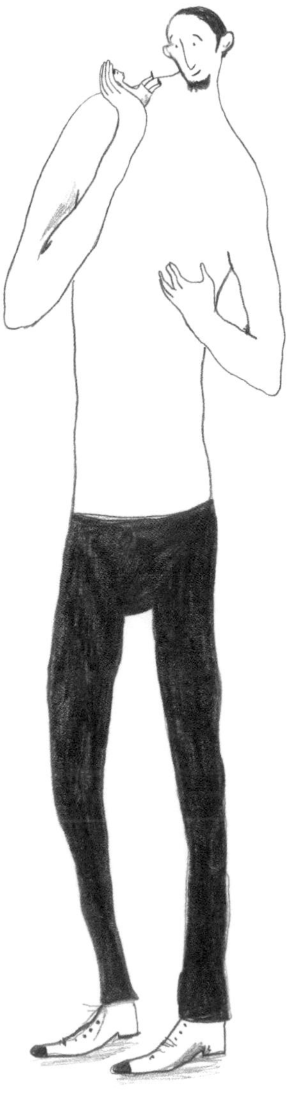

너의 이야기가 되어 있을 거야

언제까지나 이어질 이야기가

우리 아기, 내 아가

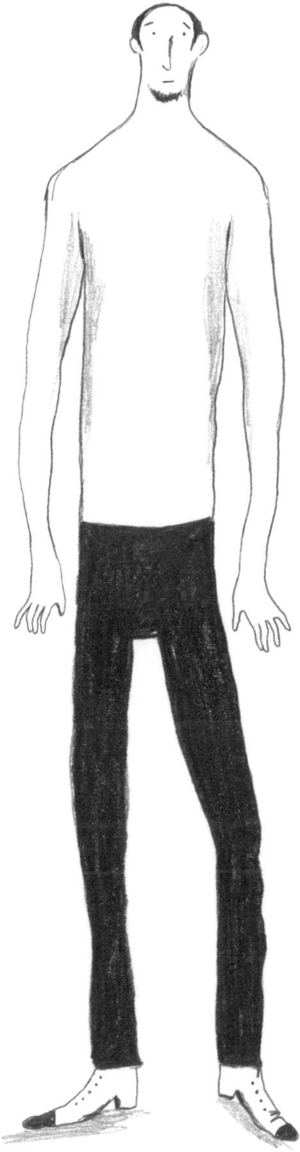

지은이 **제르마노 쥘로, 알베르틴**
두 사람은 부부이다. 스위스 제네바에 살며 함께 그림책을 만들고 있다. 『토요일의 기차』『작은 새』『높이 더 높이』『겨울은 재밌다!』 등 여러 권의 그림책을 펴냈고 『작은 새』는 2012년 뉴욕 타임스 올해의 최고 일러스트 상(Best Illustrated Children's Book of the Year)에 선정되기도 했다. 2016년 『나의 작고 작은』으로 볼로냐아동도서전 라가치상을 받았고, 알베르틴은 2020년 한스 크리스티안 안데르센상을 수상했다.

옮긴이 **정혜경**
경희대학교 국어국문학과를 졸업하고, 출판사에서 어린이책 만드는 일을 하고 있다. 그림책『마리들의 아주 거대하고 어마어마한 이야기』『아리에트와 그림자들』『쫌 이상한 사람들』『싸움에 관한 위대한 책』, 그래픽노블 『튤립의 겨울』『마녀를 잡아라』 등을 우리말로 옮겼다.

나의 작고 작은 제르마노 쥘로·알베르틴 지음 | 정혜경 옮김

1판 1쇄 2017년 8월 11일 | **1판 4쇄** 2024년 4월 22일
책임편집 원선화 | **편집** 이복희 엄희정 | **디자인** 이지인
마케팅 정민호 서지화 한민아 이민경 안남영 왕지경 정경주 김수인 김혜원 김하연 김예진
브랜딩 함유지 함근아 고보미 박민재 김희숙 박다솔 조다현 정승민 배진성 | **저작권** 박지영 형소진 최은진 서연주 오서영
제작 강신은 김동욱 이순호 | **제작처** 영신사(인쇄) 신안문화사(제본)
펴낸곳 (주)문학동네 | **펴낸이** 김소영 | **출판등록** 1993년 10월 22일 제2003-000045호
주소 10881 경기도 파주시 회동길 210 | **전자우편** kids@munhak.com | **홈페이지** www.munhak.com
카페 cafe.naver.com/mhdn | **북클럽** bookclubmunhak.com | **인스타그램** @mundong_picturebook
대표전화 (031)955-8888 | **팩스** (031)955-8855 | **문의전화** (031)955-3576(마케팅) (02)3144-3238(편집)

ISBN 978-89-546-4623-9 03860

잘못된 책은 구입하신 서점에서 교환해 드립니다. 기타 교환 문의: 031) 955-2661, 3580

어린이제품 안전특별법에 의한 기타표시사항 **제품명** 도서 | **제조자명** (주)문학동네 | **제조국명** 한국 | **사용연령** 4세 이상